Wunden der Seele heilen nie

AF239039

Elena Roma

Wunden der Seele heilen nie

Bibliografische Information der Deutschen Nationalbibliothek
Die Deutsche Nationalbibliothek verzeichnet diese Publikation
in der Deutschen Nationalbibliografie; detaillierte bibliografische
Daten sind im Internet über http://dnb.d-nb.de abrufbar.

Umschlagdesign, Satz, Herstellung und Verlag:
BoD – Books on Demand
ISBN 978-3-8482-3700-5

Dezember 1995, Weihnachten ist vorbei. Ich fühle mich etwas freier. In den letzten Wochen bin ich immer tiefer in eine Dunkelheit hineingeraten, und nun habe ich versucht, meine Gedanken, mein Fühlen niederzuschreiben. Vielleicht lesen es einmal nach meinem Ableben meine Kinder. Mein Wunsch ist, dass sie verstehen, weshalb ich nicht immer eine gute Mutter war. Ich wollte es sein, doch oft habe ich versagt.

Manchmal habe ich nur einen Wunsch: Sterben. Keine Angst mehr zu haben, keine Qualen mehr durchstehen zu müssen, nicht mehr die gut gemeinten Ratschläge von einigen Menschen zu hören. Sie klingen wie Hohn in meinen Ohren. Es sind sehr wenige dabei, die es vielleicht ehrlich meinen, aber helfen können sie auch nicht.

Wenn Sie nun meine Lebensgeschichte lesen, glauben Sie vielleicht: Eine von tausend. Ich sage: Eine vielleicht unter tausend.

Dies schrieb ich in Gedenken an meine Adoptivmutter und aus Dankbarkeit und Liebe zu meinen Kindern, die mir immer wieder Kraft, Liebe und Mut gaben, weiterzumachen.

1949 wurde ich in Leipzig geboren und sofort zur Adoption freigegeben. Ich führe dies auf den Freiheitsdrang meiner Mutter zurück. Soweit mir bekannt ist, verbrachte ich die ersten zwei Jahre meines Lebens in einem Waisenhaus. 1952 wurde ich von dem Ehepaar W. und J. Mo. adoptiert. Von da an hätte sich mein Leben zum Guten wenden können, doch das Schicksal, das Leben wollte es anders. Ich kann mich noch genau an meinen Vater erinnern, er war stets gut zu mir und ich liebte ihn. Irgendwann kam er immer seltener nach Hause, und wenn er kam, dann war er stark alkoholisiert. Er kam nie durch die Tür, sondern immer spätnachts durch das Küchenfenster. Wenn die Scheiben klirrten und meine Mutter in der Küche aus Angst schrie, verkroch ich mich im Schlafzimmer hinter dem Schrank und weinte. Manchmal kam er danach noch zu mir, hob mich auf und brachte mich ins Bett. Er blieb dann sitzen und hielt meine Hände. Mir tat er nie weh, aber solche Szenen wiederholten sich immer öfter, bis sich meine Mutter scheiden ließ. Von da an sah ich meinen Vater nur noch selten, manchmal holte er mich für zwei bis drei Stunden ab und ging mit mir spazieren. Für mich war das immer sehr schön.

Irgendwann besuchte uns, meine Mutter und mich, immer öfter ein fremder Mann. Ich mochte ihn nicht, ich wollte meinen Vater zurückhaben. War der Fremde in unserer Wohnung, zog ich mich in mein Zimmer zurück. Davon nahm allerdings niemand Notiz. Oft stand ich am Fenster und hoffte, mein Vater würde kommen und mich abholen, aber er kam nicht.

Wie groß die Liebe meiner Mutter zu mir war, kann ich nicht sagen, erinnern kann ich mich aber noch sehr genau an die Ohrfeigen, die ich bekam, weil ich dem Fremden stur und bockig gegenübertrat. Anstatt mit mir über die neue Situation zu sprechen, mich in die Arme zu nehmen, mir zu zeigen, dass dies an der Liebe zu mir nichts ändert, gab es Gewalt.

Eines Tages, ich fuhr mit meinem Holzroller auf dem Gehsteig, stand mein Vater vor mir. Vor lauter Freude ließ ich den Roller fallen und rannte in seine ausgestreckten Arme. Er fing mich auf und drehte mich in der Luft. Ich erzählte ihm von dem Fremden und bat ihn immer wieder, mit nach Hause zu kommen, doch er schüttelte nur traurig den Kopf. Dann sagte er, ich solle zu Hause meine Jacke holen und dann zum Kino kommen, wo er auf mich warten würde. Als ich losrannte, sagte er noch, ich solle zu Hause nicht erzählen, dass er hier sei. In der Wohnung angekommen, wurde ich geschimpft, weil ich zu spät kam. Auch der Fremde war wieder anwesend und gab seinen Kommentar ab: »Wenn du keine Ohren hast, schließen wir dich im Zimmer ein und gehen alleine weg.« Der Trotz stieg in mir auf und ich sagte, dass mein Vater auf mich warten würde. Daraufhin ging alles sehr schnell, meine Mutter nahm mich an die Hand, der Fremde schloss die Tür ab und wir gingen in seine Wohnung. Auf mein Jammern und Bitten achtete niemand. Dort angekommen stellte ich mich ans Fenster und weinte. Mein ganzes Inneres schrie nach meinem Vater, dass er doch kommen solle. Irgendwann bin ich dann eingeschlafen.

Meinen Vater sollte ich lebend nie wiedersehen, doch damals begriff ich das alles noch nicht. Als wir morgens in unsere Wohnung zurückkehrten, war die Scheibe des Küchenfensters zerschlagen. Meine Mutter holte den Dorfpolizisten, der auch die Wohnung aufschloss. Mein Vater lag in der Mitte der Küche vor dem Gasherd, ich rannte zu ihm und schrie immer und immer wieder: »Papa, Papa!« Der Polizist nahm mich hoch und brachte mich in den Garten zu meiner Tante. Das Letzte, was ich von meinem Vater bekam, war eine Puppe. Diese hatte er mir noch aufs Bett gesetzt, bevor er aus dem Leben ging. Noch heute denke ich oft an ihn und frage mich: Warum hat er mich alleingelassen? Ich glaube, dass er der einzige Mensch war, der mich je wirklich geliebt hat.

1956 wurde ich eingeschult, kurz vorher heiratete meine Mutter wieder und der Fremde wurde mein Stiefvater. Wir zogen auf einen Bauernhof, dort musste ich schon als Kind mithelfen und ich war auf mich alleine angewiesen. Traurig sah ich den anderen Kindern nach, wenn sie am Sonntag mit ihren Eltern spazieren gingen, und ich musste Kühe hüten oder bei der Heuernte helfen. Die Kinder meines Stiefvaters brauchten dies nicht zu tun. Die Kinder meines Stiefvaters wohnten bei ihrer Mutter und kamen nur, wenn es Geschenke oder dergleichen gab. Ich hasste sie alle, und einmal schlug ich der Monika ins Gesicht, da sie mir meine Puppe weggenommen hatte. Als Strafe hierfür musste ich hungrig ins Bett gehen und durfte eine Woche keine Kindersendung im Fernsehen anschauen.

Langsam näherte sich die Weihnachtszeit. Einige Tage vor dem Fest wollten meine Mutter, der Stiefvater und seine Kinder nach Leipzig fahren. Auch ich sollte mitkommen, doch das wollte ich nicht. Es hätte sowieso wieder Streit gegeben und ich wäre die Schuldige gewesen. Meinem Stiefvater war es recht und er schloss mich im Zimmer ein. Ich war alleine, nur unser Schäferhund Asta war bei mir, ihm erzählte ich stets meinen Kummer. Dann kam der 24. Dezember, es wurden Geschenke verteilt, nur für mich war nichts dabei. Noch heute höre ich die Hänseleien der Kinder meines Stiefvaters und seine Stimme: »Es bekommen nur artige Kinder etwas vom Weihnachtsmann.« Ich weiß heute nicht mehr, was ich gefühlt habe, aber gehofft habe ich doch, nach dem Essen noch etwas zu bekommen. Es blieb beim Hoffen. Als ich am nächsten Morgen aufstand, lagen zwei Päckchen für mich auf dem Frühstückstisch. Meine Mutter und der Stiefvater arbeiteten bereits im Stall. In mir siegte das Gefühl von Trotz, ich wollte keine Geschenke mehr, Heiligabend war vorbei. Ich legte die Päckchen zu dem Geschenk für meine Mutter und ging in mein Zimmer. Als die beiden später aus dem Stall kamen und die ungeöffneten Päckchen liegen sahen, gab es Vorhaltungen. Meine Mutter meinte, ich sei ungezogen und undankbar, doch ich wollte nur im Zimmer bleiben und mit meiner Puppe spielen.

Wenn ich dies alles heute Revue passieren lasse, weiß ich, dass ich mir damals schon meine eigene Fantasiewelt aufgebaut habe. In der Schule habe ich gelogen, habe Dinge erfunden, die nur in meinem Kopf existierten, doch ich wollte daran glauben.

Auf wessen Drängen oder weshalb überhaupt ich es erfuhr, kann ich bis heute noch nicht nachvollziehen. Auf alle Fälle war ich acht Jahre alt, als mein Stiefvater mir im Beisein meiner Mutter erzählte, dass ich nicht das leibliche Kind meiner Mutter bin, sondern adoptiert wurde. Meine leibliche Mutter wohne in Berlin, sagte er. Außerdem würde in einem Geschäft in unserem Ort eine Frau arbeiten, welche meine Schwester sei. Ich sah, dass meine Mutter weinte, aber wie ich mich den beiden gegenüber verhalten habe, was ich in diesem Moment gedacht, gefühlt habe, weiß ich nicht. Noch am gleichen Tag ging ich in das Geschäft und lernte meine Schwester kennen, welche bei Pflegeeltern aufgewachsen ist. Sie war sehr nett und gefiel mir, ich holte sie auch öfter nach Ladenschluss ab und begleitete sie zum Bus. Wir besuchten uns gegenseitig, doch eine geschwisterliche Beziehung kam nie zustande. Manchmal denke ich an sie, möchte Kontakt aufnehmen, doch dann verwerfe ich den Gedanken wieder und frage mich: Wo war sie, als ich Hilfe brauchte, wo sich mein Kinderherz nach einem Menschen sehnte, der mich lieb hat?

Kurz vor meinem zehnten Geburtstag musste meine Mutter für sehr lange Zeit in verschiedene Krankenhäuser und anschließend noch in ein Kurbad. Ich war nun ganz alleine mit meinem Stiefvater.

Der Haushalt wurde am Wochenende von meiner Patentante erledigt, sie wusch die Wäsche usw. An den Wochentagen blieb mir die Arbeit, die ich eben mit neun, zehn Jahren erledigen konnte.

Dann kam der Abend, den ich wie noch etliche andere nie vergessen werde und auch bis heute nicht überwinden kann. Wie immer erledigte ich meine Schulaufgaben, legte mich anschließend ins Bett und las noch in einem Buch. Wie lange ich schon geschlafen habe, weiß ich nicht mehr, doch plötzlich spürte ich Hände, die mich überall anfassten. Sehen konnte ich nichts, es war dunkel im Zimmer. Ich schrie auf, dann spürte ich eine Hand auf meinem Mund. Die Stimme meines Stiefvaters erklang. Er sagte, ich solle ruhig sein, es würde mir nichts passieren, außerdem würde ich doch nicht wollen, dass ich ins Heim komme. Ich hatte nur Angst, immer und immer wieder sagte ich, er solle mich in Ruhe lassen. Doch davon nahm er keine Notiz. Überall spürte ich seine Hände, plötzlich ein starker Schmerz, kurz darauf ließ er von mir ab. Bevor er das Zimmer verließ, drohte er mir wieder mit dem Kinderheim und erklärte, dass man mir sowieso nicht glauben würde. Dann war es still. Ich stand auf und wollte mein Zimmer zusperren, dann sah ich das Blut. Ich wusste nicht, wo es herkam. Ich setzte mich in eine Ecke auf den Fußboden und weinte, ich weinte die ganze Nacht und hatte unsagbare Angst. Als ich morgens mitbekam, dass mein Stiefvater in den Stall ging, schlich ich mich nach unten, wusch mich ab und suchte sofort wieder mein Zimmer auf, welches ich hinter mir absperrte. Auf jedes Geräusch achtete ich und bekam Panik, wenn ich eine Tür hörte, doch ich bekam ihn den ganzen Tag nicht zu sehen. Es war das erste Mal, dass er sich an mir verging, aber nicht das letzte Mal. Ich schwieg. Zu wem sollte ich auch gehen, wer würde mir glauben?

In der Schule wurden meine Leistungen immer schlechter. Vergessene Hausaufgaben und Einträge häuften sich, die mein Stiefvater unterschreiben musste. Oft bekam ich dafür Ohrfeigen oder Hausarrest. Meine Angst, nach Hause zu gehen, wurde immer schlimmer. Manchmal versteckte ich mich in der Scheune oder schlich mich spätabends in die Damentoiletten des gegenüberliegenden Gasthofes, um dort zu übernachten. Oft ging es gut, doch einmal fand mich der Wirt und nahm mich mit zu einem seiner Freunde. Ich kannte diesen Mann, denn wenn ich Kühe hüten musste, kam er oft vorbei, weil er ganz in der Nähe ein Haus hatte. Im Ort nannte man ihn den »Grafiker«. Ich bekam etwas zu essen, dann machte er Fotos, von mir und dem Wirt, den ich überall anfassen musste. Was habe ich damals gedacht? Ich weiß es nicht. Dies wiederholte sich öfter. In der Schule lief es zunehmend schlechter, ich wurde vom Direktor beim Fahnenappell vor allen Schülern bloßgestellt. »Schulschwänzerin«, »Lügnerin« wurde ich öffentlich genannt und alles Mögliche wurde über mich erzählt. Meine Klassenkameraden wollten nichts mehr mit mir zu tun haben, sie lästerten nur noch über mich. Ich war eine Außenstehende.

Als ich eines Tages aus der Schule kam, erwartete mich mein Stiefvater schon mit Beschimpfungen. Diese waren darauf zurückzuführen, dass die Schulleitung ihn kontaktiert hatte. Sofort musste ich mein Zimmer aufsuchen, was ich auch tat, denn ich war froh, keine Schläge zu bekommen. Hätte ich gewusst, was mich am späten Abend erwartete, wäre mir lieber gewesen, er hätte mich am Nachmittag totgeschlagen. Wieder verging er sich an mir, doch diesmal war es schlimmer als je zuvor. Heute noch sehe ich sein ekelhaftes Grinsen vor mir, erinnere mich an das ekelerregende Parfüm, das er an sich hatte. Tage später klopfte es an der Tür, ich saß immer noch in meinem Zimmer und schaute aus dem Fenster. In der Schule war ich schon zwei Tage nicht. Es waren der

Schuldirektor und der Dorfpolizist. Ich wurde gerufen und bekam von allen Seiten Vorhaltungen. Ich konnte nicht mehr und fing an zu weinen. Wie alles genau ablief, weiß ich heute nicht mehr, aber ich habe mein Schweigen gebrochen. Man fuhr mit mir ins Krankenhaus, es folgten Untersuchungen und anschließend kam ich in ein Kinderheim. Woran ich mich noch erinnern kann, ist, dass entweder der Direktor oder der Dorfpolizist sagte: »Sind meine Vermutungen doch richtig.«

Nun war geschehen, womit mein Stiefvater mir immer gedroht hatte: Ich war in einem Kinderheim. Es war für mich, so glaubte ich, das Beste. In diesem Heim waren Kinder von der ersten bis zur zehnten Klasse untergebracht. Gleich am ersten Tag musste ich mit einigen größeren Kindern auf den Sportplatz, wo Fußball gespielt wurde. Ich kann mich noch genau daran erinnern, wie es war, als die älteren Jungs zu schießen anfingen. Noch heute spüre ich die Blessuren. Sie schossen scharf und ich stand im Tor. Fast jeder Ball traf ins Tor und ich wurde beschimpft und geschubst. Ich biss die Zähne zusammen, doch im Heim, wenn ich glaubte, mich würde keiner sehen, fing ich an zu weinen. In diesem Heim galten folgende Spielregeln: Die Älteren haben das Sagen und die anderen müssen tun, was diese vorgeben. Man musste ihre Schuhe putzen, den Laufburschen spielen, Dinge auf sich nehmen, für die man selbst nicht verantwortlich war, usw. Unterstützt wurde dies von einem Erzieher. Er schaute zu und amüsierte sich. Auch vor Demütigungen machte man nicht halt. Ich war schon immer etwas mollig und musste mich vor dem Abendessen mit noch zwei anderen Kindern sportlich betätigen. Zu diesem Zweck wurde auf dem Flur eine niedrige Bank aufgestellt. Ich sollte mich mit dem Rücken auf die Bank legen, ein oder zwei Kinder setzten sich auf meine Beine, danach musste ich mich gerade aufsetzen. Dies wiederholte ich 15 bis 20 Mal, dann kam ein anderer dran. Alle anderen Kinder standen um die Bank herum und hatten ihren Spaß. Der Erzieher saß im Sessel und sah schmunzelnd zu. Es gab noch viele andere Demütigungen, ich ertrug sie, doch nachts weinte ich mich oft in den Schlaf.

Nach ungefähr einem halben Jahr brachte mich eine Erzieherin zur Polizeiwache in meinem Heimatort. Ich hatte keine Ahnung, was auf mich zukommen würde. Dann sah ich meinen Stiefvater. Ich sprang auf und wollte wegrennen, glaubte ich doch, er wollte mich holen. Der Polizist hielt mich fest, beruhigte mich und meinte, ich bräuchte keine Angst zu haben, ich müsse nur noch einige Fragen beantworten. Ich wurde in ein anderes Zimmer gebracht, wo bereits eine ehemalige Schulkameradin saß. Ich kann mich erinnern, dass sie mich einmal zu Hause besucht und mitbekommen hatte, wie mein Stiefvater mich anfasste. Es kann sein, dass ich das damals auch der Polizei und dem Direktor erzählt habe.

Plötzlich ging die Tür auf und meine Mutter kam herein. Wie lange hatte ich sie nicht gesehen. Sie erkannte mich nicht sofort, denn früher hatte ich Haare bis zum Po, im Heim wurden sie mir ganz kurz geschnitten. Ich rief: »Mutti!«, sie sah mich an, beschimpfte mich als Lügnerin, ließ mich stehen und ging ins andere Zimmer zu meinem Stiefvater. Wo war ihre Liebe zu mir, wie konnte sie mir so etwas antun? Sie war doch der einzige Mensch, der mir helfen konnte. Doch sie wollte mich nicht mehr sehen, sie ließ mich in meinem Kummer alleine. Es folgte eine Vernehmung, ich saß mit dem Rücken zu meinem Stiefvater und musste erzählen, was zu Hause vorgefallen war. Dann durfte ich wieder gehen. Ich fuhr mit der Erzieherin zurück ins Heim. In den folgenden Tagen bekam ich hohes Fieber und musste im Bett bleiben. Es quälten mich immer die gleichen Fragen: Warum holt mich meine Mutter nicht, warum kommt sie mich nicht besuchen?

Meinen Stiefvater erwartete eine Gerichtsverhandlung, was ich zu dieser Zeit aber nicht wusste. Das Krankenhaus, in dem ich damals untersucht wurde, hatte bereits ein Gutachten abgegeben. Leider oder Gott sei Dank kam es zu keiner Verhandlung mehr, mein Stiefvater erlag einem Herzinfarkt. So blieben mir weitere Vernehmungen erspart. Ich wollte wieder nach Hause zu meiner Mutter, die mich einmal besucht hatte, doch das Jugendamt war dagegen. Da sich meine schulischen Leistungen besserten, sollte ich bis zum Abschluss der zehnten Klasse im Heim bleiben. Mein Wunsch war es, Erzieherin zu werden, Kindern zu helfen, die in Not sind. Dies teilte ich auch meinem Vormund von der Jugendhilfe mit. Es blieb jedoch ein Wunsch.

Das Heimleben ging weiter. Langsam hatte ich mich an die Spielregeln gewöhnt und versucht, das Beste rauszuholen. Einmal fuhren wir ins Ferienlager nach Mecklenburg an die Müritz. Ich war damals 13 Jahre. Eine kleine Gruppe der größeren Kinder kam bereits drei Tage früher dort an, um die Zelte aufzubauen. Auch ich durfte mitfahren, wegen guter Führung. Am dritten Abend spendierte uns der Erzieher im Gasthof ein Abendessen, weil wir so fleißig waren. Die Jungs durften sogar Bier trinken.

Wir hatten viel Spaß und hielten uns schon einige Zeit im Gasthof auf. Als es bereits dunkel wurde, machten wir uns auf den Heimweg. Wir mussten ca. 15 Minuten durch den Wald gehen. Zwei Jungs waren betrunken. Außer mir war noch ein Mädel dabei, sie war ein Jahr älter als ich und verschwand mit einem der Jungen im Wald. Dann war plötzlich alles anders. Ich hielt mich in der Nähe des Erziehers auf, wollte ich doch keinen Ärger bekommen. Als ich stolperte, hielt er mich fest mit den Worten: »Zu viel getrunken«, dabei hatte ich nur Limonade zu mir genommen. Als er mich weiter festhielt, bekam ich ein ungutes Gefühl. Dann ging alles sehr schnell. Plötzlich lag er auf mir und hielt mich immer noch fest. Ich versuchte, loszukommen, doch er meinte, ich solle mich nicht so haben, schließlich sei ich keine Jungfrau mehr. Es war, als liefe ein Film vor meinen Augen ab, begleitet von dem Gefühl: Das passiert jetzt nicht mir, sondern irgendjemand anderem.

Der Spuk war schnell vorbei. Er sagte später zu mir, ich solle niemandem etwas davon erzählen, aber wenn ich Hilfe bräuchte, sei er für mich da. Erst am anderen Tag, als ich ihm gegenüberstand, begriff ich, was vorgefallen war. Von dem anderen Mädel erfuhr ich, dass die Jungs Schnaps getrunken hatten und der Erzieher nichts dazu gesagt hatte. War der Abend von ihm geplant? Am Nachmittag kamen die anderen Kinder mit der Heimleiterin im Ferienlager an. Ich wollte zu ihr gehen, ihr erzählen, was passiert war, doch dann kamen Zweifel: Meine Mutter hatte mir nicht geglaubt, weshalb sollte sie mir nun glauben? Wieder war ich mit meinem Kummer alleine. In den Nächten lag ich wach und überlegte, was ich tun sollte. Dann beschloss ich, ihn zu erpressen. In mir reifte ein teuflischer Plan, von da an ging es aber auch mit mir bergab. Immer öfter unternahm ich den Versuch, aus dem Heim auszurücken, natürlich nur, wenn er Dienst hatte. Dann war die Strafe nicht so hoch, wenn man mich zurückbrachte. Ich floh fast immer zu meiner Mutter. Zwei Mal holte er mich selbst bei ihr ab. Zwei Mal kam es noch zu Intimitäten, und ich versuchte, ihn damit zu erpressen. Kam ich zu spät ins Heim und er war nicht da, behauptete ich, von ihm die Erlaubnis gehabt zu haben. Einmal gab es jedoch Ärger und der Nachtdienst rief den Erzieher an. Er kam und log für mich, doch dann folgte ein ernsthaftes Gespräch. Er erklärte, es sei das letzte Mal gewesen, dass er für mich gelogen habe, er würde dafür sorgen, dass ich in ein anderes Heim käme. Wenn ich erzählen wolle, was geschehen war – bitte, es würde mir eh keiner glauben. Dann ließ er mich stehen und ging. In mir rebellierte alles, ich schmiss die Tür zu und sann auf Rache. Doch alles, was ich unternahm, richtete sich letztendlich gegen mich selbst. Er saß am längeren Hebel und ließ es mich spüren, ich konnte ihm nichts mehr recht machen und resignierte. Ich beteiligte mich an nichts mehr, Strafen prallten an mir ab, ich wollte nur weg von dort. Mein Traum, Erzieherin zu werden, war somit ausgeträumt. Einen Tag vor der Abreise in ein anderes Heim sagte der Erzieher zu mir, ich solle ihm meine neue Adresse mitteilen, wenn ich Hilfe bräuchte, könne ich ihm schreiben. Ausgerechnet er, der mich in diese Lage gebracht hatte, wollte mir helfen, wenn ich in Not sei! Damals habe ich ihm geglaubt, heute weiß ich, dass er mit Schuld daran trägt, wie sich mein Leben weiterentwickelt hat. Dafür hasse ich ihn, ihn, den Erzieher Heinz Teichmann. Er wohnt heute in Leipzig und freut sich seines Lebens. Ich habe mir vorgenommen, ihn ausfindig zu machen, ihn zur Rede zu stellen und zu fragen: Warum? Einmal hätte ich die Gelegenheit gehabt, aber als ich ihm unerwartet begegnete, sein Gesicht sah, brachte ich keinen Ton heraus. Ich stand da wie eine Salzsäule, unfähig mich zu rühren, geschweige ein Wort zu sagen. Ich starrte ihm nach und kam erst zu mir, als eine Kollegin mich ansprach.

Ich kam in ein Heim für schwererziehbare Kinder in Pretzsch. Dort ging es gleich zur Sache. Meine Frage »Ist das hier ein Gefängnis, weil die Fenster vergittert sind?« wurde mit einer Ohrfeige beantwortet. Man werde mir schon noch Manieren beibringen, sagte der »nette Herr«. Gegen Schläge war ich zu diesem Zeitpunkt bereits immun, aber ich vergaß nie das Gesicht von diesem Herrn, welcher mir die Ohrfeige gab. Später erfuhr ich, dass er der Wirtschaftsleiter des Heims war und Herr Alfeld hieß. In diesem Heim war es so brutal, da schlugen nicht nur die Erzieher, sondern auch die Jugendlichen. Die Erzieher hatten sich folgende fiese Masche ausgedacht: Ließ einer der Jugendlichen sich etwas zuschulden kommen, mussten alle darunter leiden. Die Devise lautete: Entweder ihr erzieht euch gegenseitig oder ihr leidet alle. Diese Erziehungsmethode ging so weit, dass ein Mädel wochenlang wegen Misshandlung durch Jugendliche im Krankenhaus liegen musste. Keiner traute sich, etwas zu sagen, es hätte jeden erwischen können. In diesem Heim gab es kaum Zusammenhalt, eher zwei Gruppen: die Starken und die Schwächeren. Glück hatte man, wenn es jemanden gab, der die Beschützerrolle übernahm. Das geschah allerdings nicht ohne Gegenleistung. Für kurze Zeit hatte ich Glück, ich war mit einem Jungen befreundet, welcher dort eine Schusterlehre absolvierte. Er war wie ich aufsässig gegen die Gewalttaten einiger Erzieher. Leider wurde er ohne Vorankündigung verlegt, erst ins Durchgangsheim Eilenburg, anschließend in das Jugendgefängnis. Ich habe nie wieder etwas von ihm gehört.

Ausgang gab es dort nicht, wenn wir das Heim verlassen durften, dann nur unter Aufsicht. Wir kamen uns vor wie Gefangene. Während des polytechnischen Unterrichts mussten wir auf einem Bauernhof arbeiten. Dort reifte in mir der Plan abzuhauen. Ich schmuggelte Kleidung mit hinaus und setzte meinen Plan in die Tat um. Was ich zu meiner Schande gestehen muss: Um von dort wegzukommen, stahl ich der Bäuerin Geld. Ich kam bis zum Bahnhof im nächsten Ort, dort wartete schon der Wirtschaftsleiter auf mich, und es ging zurück ins Heim. In diesem angekommen, gab es Mannschaftsschläge. Ich wurde unter die Dusche gezerrt, mit eiskaltem Wasser, Ata und Schrubber behandelt und geschlagen. Meine Schreie überhörten die Erzieher. In den folgenden Tagen hatte ich nur Gedanken für meine nächste Flucht.

Einen Tag vor Heiligabend war es so weit. Ich wartete, bis der Nachtdienst kam, denn dann war das Dienstzimmer für einen Augenblick unbeaufsichtigt. Mich konnte keiner sehen, als ich aus dem Fenster kletterte. So dachte ich zumindest, doch ich hatte wieder Pech. Der Wirtschaftsleiter ging gerade um diese Zeit eine Runde mit seinem Hund. Er beobachtete mich und ließ mich bis zum Tor rennen. Durch seinen Ruf »Bleib stehen oder ich lass den Hund los!« registrierte ich erst, dass ich nicht alleine war. Mein Traum war ausgeträumt.

Diesmal gab es keine Mannschaftsschläge, es hätte sich auch nicht rentiert, viele Jugendliche waren auf Urlaub zu Hause. Die anderen waren genauso wie ich »schwarze Schafe«. Diesmal ergriff der Wirtschaftsleiter die Initiative und gab mir rechts und links eine Ohrfeige. Es war das zweite Mal, dass ich von ihm geschlagen wurde. Mich überkam Wut und ich beschimpfte ihn als Schwein und spuckte ihn an. Daraufhin schlug er mich den Flur entlang, bis ich auf dem Boden lag, und immer weiter schlug er auf mich ein. Als die Nachtschwester etwas sagte, ließ er von mir ab. Er riss eine Tür auf, die Tür zum »Bunker«. Dies war ein Raum mit zwei vergitterten Fenstern, aus denen man aber nicht schauen konnte, sie waren sehr hoch. Weiter befanden sich darin ein Blecheimer für die Notdurft und eine am Boden liegende Matratze. In der Tür war ein sehr kleines Fenster, das man aber nur von außen öffnen konnte. Ich bekam einen Stoß in die Rippen und die Tür wurde von außen zugesperrt.

Es war Weihnachten 1964, das werde ich nie vergessen. Das kleine Fenster wurde am Heiligen Abend geöffnet und es ertönten die Weihnachtslieder. Als das Lied »Stille Nacht, heilige Nacht« gesungen wurde, bekam ich einen Tobsuchtsanfall, ich schrie, bis mir die Stimme versagte. Ich trat gegen die Tür, ich schmiss den nicht mehr leeren Eimer durchs Zimmer. Die einzige Reaktion von draußen: Das Fenster wurde geschlossen, damit ich mit meinem Geschrei nicht störte. Wäre ich an diesem Abend rausgekommen, ich glaube, ich wäre zu einem Mord fähig gewesen. Doch ich musste drei Tage im Bunker zubringen. Die nächsten Tage blieb ich ganz ruhig, eine Erzieherin fragte mich, ob ich nun endlich einsichtiger geworden sei. Ich bejahte, doch in Wahrheit sann ich auf Rache. In der Schule, es war die neunte Klasse, machte ich nicht mehr mit. Meine Leistungen wurden immer schlechter, Vorwürfe, Schelte und Schläge prallten an mir ab. Ich blieb stur und verstockt. Ich weiß nicht mehr genau, wie oft ich den Demütigungen der Erzieher und auch einiger Kinder ausgesetzt war. Immer wieder versuchte ich, aus dem Heim auszurücken, was nicht ohne Strafvollzug und Schläge ausging. In diesem Heim wurde der Glaube an mich selbst gebrochen, und das Gefühl »Ich bin nichts« hält bis heute an. Die neunte Klasse bestand ich nicht und im Sommer 1965 kam ich in den Jugendwerkhof nach Rühn. Ich hatte Angst vor dem JWH, denn es war die Vorstufe zum Gefängnis, so glaubte ich damals. Würden sich die Demütigungen und Schläge, wie ich sie von dem Wirtschaftsleiter Herrn Alfeld in Pretzsch erfahren hatte, wiederholen?

Was ich heute noch nicht ganz nachvollziehen kann, ist Folgendes: Ich kann mich an so viele Menschen aus meiner Kindheit und Jugendzeit erinnern, aus dem Heim Pretzsch sind es jedoch nur drei Namen. Alle anderen Personen entziehen sich meiner Erinnerung.

Wieso und weshalb, weiß ich heute nicht mehr, aber meine Mutter brachte mich im August 1965 mit dem Zug nach Rühn in den Jugendwerkhof. Immer wenn der Zug hielt, habe ich mit dem Gedanken gespielt, einfach auszusteigen und wegzulaufen. Doch wo hätte ich hingehen sollen? Und eingefangen hätten sie mich sowieso wieder. Der Jugendwerkhof in Rühn war ein großer Komplex. Als ich ankam, sah ich einige Jugendliche in Arbeitskleidung umherlaufen. Mich ließ das alles kalt, schlimmer wie in Pretzsch konnte es bald nicht mehr kommen. Das Aufnahmegespräch dauerte nicht lange, dann brachte man mich in die Außenstelle nach Tarnow. Ich sollte eine Lehre als Agrotechnikerin machen. In dieser Außenstelle waren zehn Mädels und zehn Jungen untergebracht, unsere Erzieher waren Herr und Frau Neumann. Das Gebäude, in dem wir untergebracht waren, befand sich nicht im Ort, sondern ungefähr 15 Gehminuten entfernt irgendwo in der Prärie. Am ersten Tag nahm mich der Erzieher mit ins Dorf, zeigte mir meine zukünftige Arbeitsstelle und machte mich mit den Mädels bekannt, welche gerade vom Feld kamen. Als wir gemeinsam zurückgingen, nahmen mich die fünf Mädels in die Mitte und fingen an zu singen. Ich wollte keine Außenstehende sein und sang mit. Das Lied vergesse ich nie: »Alle Vögel sind schon da«. Es war mein Einstand, denn plötzlich hörte ich mich alleine singen und verspürte einen festen Griff im Genick. Die Mädels lachten und rannten ein Stück weg. Ich stand einem Mann gegenüber, der mich anbrüllte und am Arm zerrte. Als er mich endlich losließ, kamen die Mädels zurück und teilten mir mit, wer der Herr war. Es war der Dorfpolizist (ABV) und er hieß Herr Vogel. Immer wenn sie an seinem Haus vorbeigingen, stimmten sie dieses Lied an. Es sollte nicht meine letze Begegnung mit ihm sein.

Wir gingen drei Wochen im Monat arbeiten und eine Woche hatten wir in der Einrichtung Schulunterricht. Die Menschen im Dorf verhielten sich uns gegenüber unterschiedlich. Die einen waren sehr nett, die anderen ließen uns spüren, woher wir kamen, und nannten uns nur die »Heiminsassen«. In dem Jugendwerkhof lernte ich das Rauchen und den Konsum von Alkohol. Die Erzieherin war empört darüber, war ich doch bei meiner Ankunft das einzige Mädel gewesen, das nicht geraucht und getrunken hat. Aber alle Ermahnungen schlugen fehl, ich wollte dazugehören. Wir hielten uns auch nicht immer an die vorgegebenen Regeln und wurden bestraft. Zum Beispiel bekamen wir dann kein Taschengeld. Einmal mussten wir nachts mit einem Topfkratzer den Holzboden saubermachen oder wir saßen im Keller, um Kartoffeln abzukeimen. Das Schlimmste war jedoch Ausgehverbot. Einmal in der Woche, freitags, durften wir bei guter Führung ins Kino. Das hieß Ausgang von 19 Uhr bis 22 Uhr, und wer nicht pünktlich um 22 Uhr da war, bekam vier Wochen keinen Ausgang mehr. Die meisten Mädels hatten einen Freund, entweder einen Jungen aus dem Dorf oder einen der Erntehelfer, und verbrachten ihre Zeit anderweitig. Wir anderen saßen in der Kneipe, ins Kino ging kaum jemand. An meinen ersten Ausgang kann ich mich noch gut erinnern. Es war an einem Freitag und wir wollten ins Kino gehen, doch leider fiel die Vorführung aus. Also beratschlagten wir, was wir machen wollten. Alle verteilten sich und jeder ging seiner Wege. Pünktlich um halb zehn wollten wir uns wieder vor dem Kino treffen, um dann gemeinsam nach Hause zu gehen. Meine Freundin und ich kauften uns eine Schachtel Zigaretten und eine Flasche Pfeffi-Likör und setzten uns hinter einen Schuppen. Zur abgemachten Zeit standen wir wieder vor dem Kino. Wer nicht kam, waren die anderen Mädels. Einige Minuten warteten wir noch, dann beschlossen wir, langsam zurückzugehen. Der Likör hatte sein Bestes gegeben, über die Felder und durch Gräben stolperten wir bis zu unserem Haus. Dort warteten wir nochmals einige Minuten, doch plötzlich ging die Tür auf und Herr Neumann stand vor uns. Wir gerieten in Panik und stotterten, dass die anderen auch gleich kommen würden, wir seien schon einmal vorausgegangen. Ich kann mich noch an seinen Gesichtsausdruck erinnern, auf mich wirkte es wie ein spöttisches Lächeln. Er meinte nur, wir sollten unsere Zimmer aufsuchen und würden morgen weiterreden. Als ich den Schlafraum betrat, glaubte ich, dass ich spinne. Alle lagen friedlich in ihrem Bett. Noch am selben Abend erfuhr ich, dass Herr Neumann von dem geschlossenen Kino wusste und uns auf die Probe stellen wollte. Er war kurz nach uns ins Dorf gefahren und hatte die Mädels, die er angetroffen hatte, gleich wieder nach Hause geschickt, uns hatte er (leider?) nicht gefunden. Am anderen Tag wurde uns mitgeteilt, wir bekämen vier Wochen Ausgangssperre und kein Taschengeld. Das war eine harte Zeit.

Ich hatte nichts gegen Flirten, aber ich wollte mit keinem Mann darüber hinaus etwas zu tun haben. Sie wollten eh nur das eine. Ich kann mich noch an einen Kerl erinnern, der es auf mich abgesehen hatte und mir ständig nachstellte. Ich war froh, eine Frau aus dem Dorf zu kennen, die wie eine Freundin zu mir war. Sie hieß Inge. Bei ihr versuchte ich mich stets zu verstecken. Dann gab es auch noch einen Arbeiter aus dem Dorf, der mich mochte, aber ich hatte nie Interesse an ihm. Der Grund, weshalb ich mit ihm geflirtet habe, war: Er fuhr uns oft nach Arbeitsschluss mit dem Traktor nach Hause.

So ging Tag für Tag, Woche für Woche vorüber. Eines Tages wurde uns ein anderer Traktorfahrer zugeteilt. Er war noch sehr jung, aber immer lustig. Wir erfuhren, dass er nur in den Schulferien arbeitet, ansonsten ging er noch zur Schule, in die neunte oder zehnte Klasse. Von da an machte ich eine ganz andere Erfahrung: Ich freute mich auf jeden Arbeitstag. Ich war glücklich, wenn er bei uns arbeitete, und nutzte jede Minute, um in seiner Nähe zu sein. Ich machte mit dem Gefühl, »Schmetterlinge im Bauch« zu haben, meine erste Erfahrung. Es war schön. Die Mädels lachten mich aus und sagten immer: »Was willst du mit so einem Bubi?« Ich ließ mich nicht beirren, ich war verliebt. Dann erfuhr ich, dass ich wegen guter Führung zu Ostern 1966 entlassen werden sollte. Doch ich wollte nicht gehen, ich hatte Menschen gefunden, die gut zu mir waren, und da war auch mein Freund. Es half kein Bitten, also zwang man mich indirekt zur schlechten Führung, um meinen Aufenthalt zu verlängern. Ich plante meine Flucht und weihte meine Freundin ein. Sie war bereit, mit mir gemeinsam abzuhauen. So geschah es auch. Unser Trip war das reinste Abenteuer, denn wir legten die Strecke Tarnow–Leipzig per Anhalter zurück.

Ein Russenauto nahm uns mit und wir fuhren ca. 50 Kilometer bis zur nächsten Kaserne. Wir rauchten Zigaretten und bekamen noch Verpflegung mit. Dann haben wir einen Kleinbus gestoppt und dem Fahrer erzählt, wir kämen von der Ostsee und wohnten in Schwerin. Was wir dann erfuhren, war schon etwas peinlich: Der Fahrer und seine zwei Kumpel waren Polizisten in Zivil! Wir blieben jedoch bei unserer Lüge und verabredeten uns mit ihnen. In Schwerin auf dem Bahnhof zogen wir uns um und warteten auf unsere Verabredung. Der Kleinbus kam, aber es stiegen vier uniformierte Polizisten aus. Die Fahndung nach uns war also schon raus. Ich weiß noch: Ich hatte Schuhe mit hohen Pfennigabsätzen an. Diese zerrte ich mir von den Beinen, warf sie weg und rannte barfuß davon. Wir hatten Glück und konnten uns unbemerkt aus dem Staub machen. Irgendwann kamen wir in Leipzig an und unser erster Weg führte auf die Leipziger Kleinmesse. Ich kannte dort ein Schaustellerehepaar, mit dessen Sohn ich in Großdeuben im Kinderheim war. Wir suchten sie auf und bekamen auch erst mal etwas zu essen, natürlich auch Geschimpftes, weil ich wieder mal ausgerückt war. Dann zogen wir uns bei ihnen im Wohnwagen um und wollten noch mit einigen Karussells fahren. Später hatten wir vor, zu mir nach Hause zu fahren, dazu kam es aber nicht mehr. Es dauerte nicht lange und ich wurde von einem Polizisten nach den Ausweispapieren gefragt. Meine Freundin, die etwas abseits stand, verschwand in der Menschenmenge. Ich hatte keinen Ausweis und erfand einen Namen. Es half nichts, ich musste mit aufs Revier. Die lila Lederjacke meiner Freundin hatte mich verraten, denn Familie

Neumann hatte diese Jacke bei der Fahndung angegeben. Pech für mich, doch ich blieb bei meiner Lüge. Also fuhr man mich in das Durchgangsheim nach Leipzig. Einen Tag später brachte man auch meine Freundin und wir kamen noch am selben Tag in das Durchgangsheim Magdeburg. Von dort aus ging es drei Tage später wieder nach Rühn in den Jugendwerkhof. Dort musste ich zur Heimleitung und es folgte ein Gespräch, bei dem mir mitgeteilt wurde, dass die Entlassung zu Ostern nun hinfällig war. Außerdem hatte ich zwei Monate keinen Ausgang, die Lehre sollte ich aber in Tarnow beenden. Somit hatte ich erreicht, was ich wollte: Ich durfte in Tarnow bleiben, durfte meine Jugendliebe fast jeden Tag sehen oder mit ihm arbeiten. Irgendwann folgten der erste Kuss und das erste Mal – das erste Mal für ihn und das erste Mal für mich, das ich selbst wollte.

Aber die schöne Zeit ging zu Ende, denn im Dezember 1966 wurde ich entlassen. Ich habe versucht, in der Landwirtschaft in Tarnow eine Arbeit zu bekommen, doch sie durften niemanden aus dem Jugendwerkhof einstellen. Ich wollte mich von meinem Freund verabschieden, aber ich traf ihn nicht mehr an. Am 21. Dezember 1966 wurde ich zum Bahnhof nach Bützow gefahren. Herr Neumann wartete noch am Bahnsteig, bis der Zug losfuhr. Es war Weihnachten – wie ich diese Zeit hasste. Ich wollte nicht nach Hause, in das alte Kinderzimmer, wo mich alles an früher erinnerte. Auch der Streit mit meiner Mutter war bereits vorprogrammiert.

Meine Gedanken waren stets in Tarnow bei meinem Freund, ich vermisste seine Unbeschwertheit, sein Lachen, seine Nähe.

Ich weiß nicht, was ich für ihn war, aber er war meine große Liebe und – wie ich heute nach all den Jahren sagen kann – meine einzige Liebe. Mir ist zwar nur die Erinnerung an ihn geblieben, aber er hat einen festen Platz in meinem Herzen und ich erinnere mich gern an ihn, was ich von den Männern, die vor und nach ihm kamen, nicht sagen kann.

Der Jugendwerkhof Rühn hatte mit der LPG in meinem Heimatort einen Arbeitsvertrag ausgehandelt und ich musste mich nach Neujahr bei den Vorsitzenden im Büro melden. Ich hatte dort keine Freunde, und Vorhaltungen seitens meiner Mutter waren an der Tagesordnung. Nur meine Cousine stand zu mir. Immer mehr steigerte ich mich in den Wunsch nach einer eigenen Familie hinein. Gleich am zweiten Arbeitstag lernte ich meinen ersten Ehemann kennen. Wir gingen abends öfter aus, meistens in die Kneipe, was mir damals gar nicht richtig bewusst war. Ich wollte eine Familie und Kinder. All das gute Zureden meiner Mutter und einiger Arbeitskollegen, die Finger von ihm zu lassen, ignorierte ich. Ich wollte eine Familie, welche ich nie besessen habe. Nach kurzer Zeit wurde ich schwanger und die Hochzeit fand noch im selben Jahr statt. Mein Kind sollte Vater und Mutter haben. Immer wieder wollte man mir die übereilte Hochzeit ausreden, doch ich ging meinen Weg, von dem ich damals glaubte, er sei der einzig richtige. Es war der falsche Weg, als ich dies erkannte, war es aber zu spät. Alle hatten recht, mein Mann war ein Alkoholiker, gewalttätig und arbeitsscheu. Diese Erfahrung machte ich bereits in der Hochzeitsnacht. Keiner von meinen Bekannten, nicht einmal meine Mutter war zur

Hochzeit gekommen, nur meine Cousine. Die Feier fand bei seinen Eltern statt. Da die alkoholfreien Getränke ausgegangen waren und ich großen Durst hatte, bot mir ein Freund meines Mannes seine Limo an, die ich auch trank. Dann ging alles sehr schnell. Mein Mann schlug mir das Glas aus der Hand und prügelte mich zur Tür hinaus. Mein Kleid hing in Fetzen an mir und er ließ erst ab, als sich andere einmischten. Ich flüchtete zu einer Nachbarin, welche auch eine Arbeitskollegin von mir war. Irgendwann kam ein Krankenwagen und brachte mich ins Krankenhaus, wo ich bis zur Entbindung bleiben musste. Sie versuchten, mein Kind noch zu halten, aber mein Sohn kam dann doch vier Wochen früher. Ich hielt ihn im Arm und war glücklich, vergessen war in diesem Moment alles. Ich wollte an dem Traum von einer glücklichen Familie festhalten, doch dies war schwierig.

Mein Mann war krankhaft eifersüchtig. Während einer Radtour rutschte mir einmal mein Kleid etwas übers Knie. Als er das sah, hielt er an, zerrte mich vom Rad und verprügelte mich auf offener Straße. Solche Szenen wiederholten sich oft. Wenn er angetrunken nach Hause kam, seine Eherechte einforderte und ich mich ihm widersetzte, nahm er sie sich mit Gewalt. Eigentlich war meine Ehe gefühlsmäßig bereits am Hochzeitstag beendet, doch der Glaube an eine Familie war stärker. Ich wurde wieder schwanger, auch auf dieses Kind freute ich mich. Es gab Zeiten, da blieb mein Mann zu Hause und versprach, nicht mehr ins Wirtshaus zu gehen, mich nicht mehr zu schlagen. Ich glaubte ihm und hoffte auf ein schöneres Leben.

Als ich das zweite Mal schwanger war, bewohnten wir ein Zimmer bei meiner Mutter. Da in diesem Zimmer auch geraucht wurde, hatte unser Sohn sein Bettchen bei meiner Mutter im Schlafzimmer. Dies lief eine Zeit lang sehr gut, doch dann kam mein Mann wieder betrunken nach Hause und verlangte, dass ich unseren Sohn zu uns ins Zimmer hole. Ich weigerte mich, dies zu tun, da schlug er mich und stieß mich direkt in die Glastür des Kleiderschranks. Er holte unseren Sohn mit dem Kinderbett in unser Zimmer. Da der Kleine zu diesem Zeitpunkt erkältet war und in der Nacht das Husten anfing, nahm er ihn aus dem Bettchen, schüttelte ihn und legte ihn unsacht wieder hinein. Ich stand wie versteinert in der Ecke, hatte Angst, etwas zu sagen oder zu tun. Als mein Mann das Zimmer verließ, packte ich meinen Sohn in Decken, legte ihn in den Kinderwagen und verschwand in die Nacht. Es regnete, ich selbst hatte nur eine Jogginghose und einen Pullover an, doch all das nahm ich nicht wahr. Ich verkroch mich mit meinem kleinen Sohn und dem Kind, das ich unter dem Herzen trug, in einer Feldscheune bis zum nächsten Morgen.

Bis 1971 hielt ich an dieser Ehe fest, die eigentlich nie eine war. Ich wollte meinen Jungs den Vater nicht nehmen. Aber er wurde auch den Kindern gegenüber handgreiflich und mir versprach man keine Hilfe mehr, wenn er mich mal wieder grün und blau geschlagen hatte. Ich reichte die Scheidung ein und konnte auch Atteste über Misshandlungen an den Kindern und an mir vorlegen. Er bekam keine Erlaubnis, die Kinder zu sich zu holen, er legte auch keinen Wert darauf.

Ich suchte mir eine andere Arbeit und meine Mutter versorgte die Kinder. Sie gab meinen Jungs die Liebe, die mir als Kind versagt blieb. Ich war ihr sehr dankbar und habe nie mehr meine Kindheit erwähnt bzw. ihr etwas vorgehalten. Vergessen konnte ich aber nie.

Lange Zeit hatte ich für nichts anderes Interesse als für meine Kinder und die Arbeit. Von einer Kollegin wurde ich hin und wieder zum Tanz mitgenommen. Es gab auch immer wieder mal Männerbekanntschaften, aber hinterher fühlte ich mich nur benutzt. Wut auf alle Männer und auf mich selbst machte sich in mir breit. Alle wollten nur das eine, so schnell wie möglich mit mir ins Bett. Wieder zog ich mich von allen zurück, ich wollte nur noch sterben. Einmal war dieses Gefühl wieder ganz stark in mir und ich nahm die Medikamente meiner Mutter. Sie fand mich und ich kam ins Krankenhaus, wo mir der Magen ausgepumpt wurde. Ein Arzt fragte mich später, ob ich nicht an meine Kinder gedacht habe. Hatte ich überhaupt an etwas gedacht? Es ging alles ganz mechanisch. Nach einem kurzen Aufenthalt im Krankenhaus konnte ich wieder nach Hause. Ich ließ mich noch einige Zeit krankschreiben und kündigte dann meine Arbeit. Wieder widmete ich mich ganz meinen Kindern.

Später bekam ich eine Arbeit als Stationshilfe im Krankenhaus. Anfangs machte mir die Arbeit Freude, doch aufgrund meines Unwissens kam ich mir immer öfter vor, als wäre ich ein Nichts. Ständig hatte ich das Gefühl: Ich kann nichts, ich habe nichts, ich kann nichts vorweisen. Dieses Gefühl machte mich kaputt. Ich wollte morgens nicht mehr aufstehen, konnte mich nicht mehr aufrappeln, zur Arbeit zu gehen. Meine Kinder waren bei meiner Mutter besser aufgehoben als momentan bei mir. Mein Selbstwertgefühl war gleich null. Ich blieb einfach im Bett liegen, machte die Tür nicht auf, wenn es klopfte, denn ich wollte niemanden sehen – warum auch? Eines Tages wurde die Tür mit Gewalt geöffnet und man riss die Fenster auf. Es muss fürchterlich ausgesehen und gestunken haben, das Zimmer war voller Zigarettenqualm. Ich hatte tagelang nicht gelüftet, damit keiner merkt, dass ich zu Hause bin. Mir wurde von unserem Zweiten Bürgermeister nahegelegt, meine Arbeit sofort wieder aufzunehmen. Es war ein schwerer Gang und ich schämte mich vor den Arbeitskollegen. Wenn sie sich unterhielten, glaubte ich stets, sie redeten über mich. Ich fühlte mich immer elender, an niemanden konnte ich mich wenden. Wer wollte mir schon zuhören? So dachte ich jedenfalls.

Ich begann, abends in die Kneipe zu gehen, die Wirtsleute kannte ich schon als Kind. Geld hatte ich nie, denn alles, was ich verdiente, gab ich meiner Mutter für die Kinder. So geriet ich in die finanzielle Abhängigkeit der Wirtin. Ich putzte für sie, half in der Gastwirtschaft und erledigte alles, was so anfiel. Oft kam ich erst gegen Morgen müde, erschöpft oder betrunken nach Hause. Meine Arbeitsstelle im Krankenhaus wurde mir gekündigt. Ich ließ mich auf ein Verhältnis mit dem Zweiten Bürgermeister ein, obwohl er mir vor Wochen noch eine Standpauke gehalten hatte. Irgendetwas reizte mich, ihm nachzugeben. Er ließ sich zu mir herab!! Für mich war es nicht Liebe, sondern eine Genugtuung. Er war verheiratet, aber mich störte es nicht. Ich provozierte ihn, wenn seine Frau zugegen war. Als sie die Scheidung einreichte, war er uninteressant für mich. Heute tut es mir leid, doch damals wollte ich ihm wehtun.

Das Leben ging weiter, aber nicht wirklich aufwärts. Immer und immer wieder hatte ich Sehnsucht danach, mein Leben, wenn man es so nennen konnte, zu beenden. An einem Rosenmontag arbeitete ich den ganzen Tag über in der Gaststätte. Spätabends schlich ich mich in die Wohnung der Senior-Chefin und nahm mir ihre Tabletten. Ich weiß nicht, für was diese waren, aber es waren viele. Diesmal musste es klappen, die Sehnsucht nach Frieden war so stark. Ich schluckte sie und wollte dann schnell das Haus verlassen, irgendwo hingehen, wo mich niemand so schnell finden konnte. Ich sagte der Wirtin, dass ich nach Hause gehe, und öffnete die Tür. Das Einzige, was ich dann noch wahrnahm, war ein Schrei aus weiter Ferne.

Irgendwann sah ich einen weißen Fleck, als ich die Augen öffnete. Es war die Decke einer Intensivstation. Ich erblickte eine Nadel und eine Infusionsflasche. Dann bekam ich einen Weinkrampf und wurde noch am gleichen Tag in das Bezirkskrankenhaus Altscherbitz verlegt. Dahin wollte ich nun gar nicht, aber mein Ziel hatte ich wieder einmal verfehlt. Ich konnte mich nicht damit abfinden, dass man mich in eine Anstalt für Verrückte steckte. Immer und immer wieder schrie ich: »Ich bin nicht verrückt!« Ich wurde ruhiggestellt, das heißt, man spritzte mir etwas und ich schlief Tag und Nacht. Am nächsten Morgen begannen die Untersuchungen. Ich musste mit vorgestreckten Armen auf einem mit Kreide gezogenen Strich gehen. Immer wieder sagte ich vor mich hin: »Ich bin nicht verrückt, bleib ruhig, sonst spritzen sie dich wieder nieder.« Ich versuchte, dem Arzt klarzumachen, dass ich normal bin. Die Menschen in dieser Anstalt flößten mir Angst ein. Sie schrien, waren zum Teil unberechenbar. Dann wurden sie an Händen und Füßen ans Bett gefesselt. Ich wollte flüchten, doch die Türen waren versperrt. Zehn Tage musste ich ausharren, dann wurde ich entlassen.

Ich fasste den Entschluss, nur noch für meine Kinder da zu sein und regelmäßig auf Arbeit zu gehen. Diesen setzte ich fortan in die Tat um.

Lange Zeit später feierte mein Betrieb ein Fest. Es war das erste Mal, dass ich wieder ausging. Mit einem Musiker, der dort spielte, kam ich ins Gespräch. Er erzählte mir von seinen zwei Kindern, welche bei seinen Eltern lebten, und ich erzählte von meinen beiden Jungs. Wir blieben in Kontakt und unternahmen später mit den Kindern gemeinsam etwas. Alle vier Kinder waren fast im gleichen Alter, sie verstanden sich prächtig. Irgendwann stand die Frage im Raum, ob wir nicht zusammenziehen wollten. Ich wusste es nicht, ich hatte genug von Männern und außerdem war er gar nicht mein Typ. Die Kinder allerdings fühlten sich wohl, wenn wir alle zusammen waren. Meinen Großen freute es besonders, wenn er auf dem Motorrad mitfahren durfte. Irgendwann im Jahr 1976 sind wir dann doch zusammengezogen und haben später geheiratet, da wir als Ehepaar mit vier Kindern finanzielle Vorteile hatten.

Ich arbeitete zu dieser Zeit in einer Schweinemastanlage, auch an den Wochenenden. Es war ein harter Job, dazu der Haushalt, die Kinder. Auf meinen Mann konnte ich mich nicht wirklich verlassen. Seine Hobbys waren die Musik und der Alkohol. Seine Gleichgültigkeit war schon chronisch. Alle Entscheidungen musste ich alleine treffen, ich ging zu den Elternabenden und vieles mehr. Was hatte ich mir wieder angetan? Wieder kam ich an den Punkt, an dem ich schon öfter gescheitert war. Ich wünschte mir wieder, aus dem Leben zu gehen. Doch diesmal konnte ich nicht nachgeben, denn ich war schwanger.

Zu Hause bekamen wir uns wegen der Kinder in die Haare, immer öfter hieß es »deine«, »meine«. Das Geld reichte auch oft nicht, und ich war diejenige, welche um Vorschuss im Betrieb bettelte. Wie klein und nichtig fühlte ich mich.

1979 kam unsere Tochter zur Welt. Zu Hause war zwischenzeitlich etwas Ruhe eingekehrt, aber es dauerte nicht lange, dann machte sich wieder ein böses Klima breit. Es gab fast täglich Ärger, da mein Mann auf der Arbeit Alkohol trank. Sein Chef war auch mein Chef und ich musste mir fast täglich die Kritik an meinem Mann anhören. Wie ich dieses Leben hasste. Zu einem Ehepaar aus unserem Ort, auch Arbeitskollegen von mir, hatte ich einen guten, freundschaftlichen Kontakt. Mit ihnen konnte ich über meine Probleme reden. Sie waren die einzige Stütze, die ich damals hatte. Einige Zeit zuvor hatte ich auch noch zu einem anderen Ehepaar Kontakt. Sie gehörten zu den Zeugen Jehovas und kamen schon zu meinem Mann, bevor wir zusammengezogen waren. Ich hatte nichts gegen diese Leute, doch ich glaubte nicht an das, was sie erzählten. Der Kontakt brach auch irgendwann ab.

Das Leben wurde für mich nicht leichter, und irgendwann saß ich zu Hause, die Kinder waren in der

Schule bzw. in der Kinderkrippe, und hatte eine Flasche Schnaps sowie etliche Tabletten vor mir. Mein Wunsch zu sterben war wieder da. Plötzlich aber klopfte es an der Tür und herein kam das Ehepaar von den Zeugen Jehovas. Ich weiß nicht, ob ein oder zwei Jahre seit unserer letzten Begegnung vergangen waren. Sie standen in der Wohnung und sagten, sie seien in der Nähe gewesen und wollten mal schauen, wie es uns geht. Seit diesem Tag glaube ich, dass es einen Gott gibt. Durch ihr Erscheinen in diesem Augenblick haben sie meinen Wunsch zunichtegemacht.

An diesem Tag habe ich beschlossen, dass mir niemand mehr wehtun durfte, ich wollte kämpfen, für mich und meine Kinder. Ich fing an, mich gegen Ungerechtigkeit zu wehren, ich legte mich mit jedem an und vergaß oft, wen ich vor mir hatte. Das Kämpfen machte mich stark.

Schließlich setzte ich die Idee, meine leibliche Mutter zu suchen, in die Realität um und kontaktierte den Suchdienst vom Roten Kreuz. Lange Zeit erhielt ich keine Antwort, doch dann kam ein Schreiben, in dem stand, sie hätten meine Mutter ausfindig gemacht, doch sie wünsche keinen Kontakt mit mir. Ich wollte es nicht glauben. Konnte so etwas möglich sein? Ich schrieb einen Brief ans Rote Kreuz mit der Bitte, diesen weiterzuleiten. Daraufhin kam ein Brief von ihr. Sie sprach mich darin mit »Sie« an und schrieb, sie habe versucht, mich mit Tabletten abzutreiben, was ihr aber nicht gelungen wäre. Sie wollte mich nicht, da ich das Resultat einer Vergewaltigung sei. Auch jetzt wolle sie nichts von mir wissen, denn meine Mutter sei jene Frau, welche mich großgezogen habe. Großgezogen? Nicht einmal das traf zu. Ich ließ nicht locker, wollte mehr über meine Herkunft erfahren. Es tut so weh, nicht zu wissen, woher man kommt. Ich schrieb ihr immer und immer wieder, bald kündigte sie ihren Besuch an. Um die Einreisepapiere zu beschaffen, lief ich von einem Amt zum anderen, denn meine leibliche Mutter wohnte in München. Das schlimmere Übel war, meiner Adoptivmutter beizubringen, dass ich meine leibliche Mutter gefunden habe und sie auf Besuch kommen würde. Meine Adoptivmutter war schon alt, sehr gebrechlich und auf meine Hilfe angewiesen. Sie sagte nichts, doch heute noch sehe ich ihre traurigen Augen. Schuldgefühle überkamen mich. Hatte sie sich nicht liebevoll um meine Jungs gekümmert? Ich sagte ihr, dass sich nichts ändern würde und ich weiterhin für sie da sei. Mir tat sie leid, doch ich wollte meine leibliche Mutter kennenlernen. Dann kam der Tag, dem ich schon lange entgegenfieberte. Doch am Bahnsteig stand ich einer mir fremden Person gegenüber. Sie hatte mich geboren, aber kein Gefühl regte sich in mir. Auch tags darauf konnte ich sie nicht mit »Mutti« ansprechen, sie war wie eine Tante für mich, aber nicht der Mensch, welcher mich in diese Welt gesetzt hat. Ich fragte immer wieder nach meinem Vater, bekam aber keine zufriedenstellende Antwort. Meine Jungs waren nicht sehr von ihr angetan, mein Großer sagte ihr sogar ins Gesicht: »Ich habe eine Oma.« Irgendwie konnte ich ihn verstehen. Sie reiste eher als geplant ab und schrieb mir daraufhin einen Brief, in dem stand, sie wolle nichts mit mir zu tun haben, ich hätte den gleichen Charakter wie mein Vater. Ups, hatte sie mir nicht erzählt, ich sei durch eine Vergewaltigung entstanden, sie kenne meinen Vater gar nicht? Obwohl sich meine Gefühle ihr gegenüber im Rahmen hielten, schrieb ich ihr eifrig weiter, aber es kam keine Antwort mehr. Bis heute weiß ich nicht, wo meine Wurzeln liegen, wer mein leiblicher Vater ist. Es ist oft nicht leicht, damit umzugehen, und im Stillen beneide ich alle, die Eltern und eine Familie haben.

Diese Erfahrung mit meiner leiblichen Mutter hätte mich eigentlich wieder wie ein Strudel nach unten ziehen können, aber dies geschah nicht. Das Leben ging weiter und vor mir lagen noch viele Hürden, gegen die ich ankämpfen musste.

Da unsere Tochter das fünfte Kind in der Familie war, stand uns die Ehrenpatenschaft zu. Das heißt, der DDR-Staatsratsvorsitzende Erich Honecker übernahm die Patenschaft. Für das Kind bekam man ein Sparbuch mit 500 Mark und einen Koffer mit Kleidung im Wert von ebenfalls 500 Mark. Ich gab den Antrag bei der Gemeinde ab und erhielt einige Zeit später ein Schreiben. Darin wurde mir mitgeteilt, uns stünde die Ehrenpatenschaft nicht zu, da ich unsere Kinder nicht im sozialistischen Sinn erziehen würde. Damit war das Thema für mich erledigt, bis zur nächsten Wahl. Als ich verlauten ließ, nicht zur Wahl zu gehen, kam der Parteisekretär aus unserem Betrieb zu mir. Er wollte wissen, wieso und weshalb. Ich legte ihm den Brief der Gemeinde vor. Acht Tage später war ein Treffen angesetzt, an dem ein Lehrer, die Kindergärtnerin, die stellvertretende Bürgermeisterin, der Parteisekretär und ich teilnahmen. Mir wurde bestätigt, dass ich mich immer um meine Kinder gekümmert habe, an Elternsprechtagen anwesend war usw. Nur die stellvertretende Bürgermeisterin hatte Einwände. Sie brachte mich durch ihre Beleidigungen so in Rage, dass ich ihr den vollen Aschenbecher über den Kopf leerte. Die Versammlung wurde sofort beendet. Ungefähr vier Wochen später überbrachte mir der Bürgermeister die Ehrenpatenschaft.

Unmittelbar darauf stellte ich für mich und meine Familie einen Ausreiseantrag in die BRD. Nun begann ein Spießrutenlauf. Ich konnte tun, was ich wollte, ständig wurde ich kritisiert. Oft gingen die Demütigungen unter die Gürtellinie, aber umso härter schlug ich zurück. Ich fühlte mich stark und hatte ein Ziel vor Augen. Ich schrieb Beschwerdebriefe nach Berlin und wurde dort auch selbst vorstellig. Freunde und Arbeitskollegen rieten mir ab, ich solle den Antrag zurückziehen. Doch niemand konnte mich bremsen.

Dann wurde meine Tochter krank. Die Ärztin diagnostizierte Angina. Jeden Tag lief ich mit dem Kinderwagen vier Kilometer weit in die Klinik und vier Kilometer wieder zurück. Jeden Tag bekam meine Tochter von der Schwester eine Spritze, doch sie wurde immer schwächer. Wieder in der Klinik, bat ich die Ärztin nochmals, meine Tochter zu untersuchen. Sie schaute ihr in den Rachen und sagte: »Wenn Sie Halsweh haben, schmeckt Ihnen auch kein Essen.« Dann durfte ich wieder gehen. Das war ein Freitag. Am darauffolgenden Tag suchte ich einen Bereitschaftsarzt auf. Er untersuchte meine Tochter und sie wurde sofort mit der Diagnose doppelseitige Lungenentzündung ins Krankenhaus gebracht. Am Montag rief ich die Kinderärztin an und sagte ihr, dass sie nie wieder eines meiner Kinder in ihre Hände bekommen würde, von mir aus könne sie als Straßenkehrerin arbeiten. Daraufhin bekam ich im Landkreis Grimma Arztverbot, ausgesprochen von Dr. Berger, dem Chefarzt der Klinik. Mein Hausarzt, Dr. Brettschneider, hatte auch ein Schreiben erhalten, in dem stand, dass er mich und meine Familie nicht mehr behandeln dürfe. Ich erhielt nicht einmal mehr ein Rezept. Eine Bekannte besorgte mir Medikamente, da ich zu diesem Zeitpunkt stark erkältet war. Mein Hausarzt sicherte mir jedoch zu, dass er meine Kinder trotzdem behandeln würde. Rief ich aber im Krankenhaus an, um mich nach dem Befinden meiner Tochter zu erkundigen, erhielt ich die Antwort: »Wir haben jetzt keine Zeit, wir müssen die Straße kehren.« Ich schrieb daraufhin eine Eingabe an den Staatsratsvorsitzenden Erich Honecker. Außerdem veranlasste ich eine Anzeige gegen den Chefarzt. Es dauerte nicht lange und das Arztverbot wurde aufgehoben. Alle Schreiben bezüglich des Arztverbots mussten verschwinden. Mein Schreiben hatte ich nicht mehr, dieses hatte ich einem Rentner, der in den Westen fahren durfte, mitgegeben, mit der Bitte, es an Franz Josef Strauß zu schicken.

Meinem Hausarzt wurde unterstellt, er habe das Schreiben falsch aufgefasst. Zum Glück hatte er es nicht entsorgt und hätte es bei einer Verhandlung vorlegen können. Es folgten viele Aussprachen diesbezüglich beim Rat des Kreises. Ein Mann sagte damals zu mir: »Lass die Sache ruhen, gegen die Götter in Weiß kommst du nicht an.« Wie recht er hatte. Es kam zu keiner Verhandlung, der Chefarzt wurde plötzlich ins Ausland versetzt. Sicher klingt dies wie Propaganda gegen die ehemalige DDR, aber es sind Tatsachen. Sollte der damalige Chefarzt von der Poliklinik Grimma, Dr. Berger, noch leben, wird ihm im Alter hoffentlich bewusst, dass er seinen Eid als Arzt damals gebrochen hat.

Innerhalb der Familie wurden die Probleme immer größer. Meine halbwüchsigen Jungs wollten nicht mehr mit in die BRD, doch ich hätte sie nie alleine zurücklassen können. So zog ich den Antrag für mich und meine Kinder zurück. Deshalb kam es auch zu Handgreiflichkeiten zwischen meinem Mann, den Jungs und mir. In angetrunkenem Zustand zerschlug er die Wohnungseinrichtung und machte auch nicht vor den Kindern halt. Ich reichte die Scheidung ein, welche sehr schnell vollzogen wurde. Meinen Jungs ging mein Exmann aus dem Weg, mit mir legte er sich sehr oft an und suchte Streit. Einmal war es so krass, dass ich zum Besen griff und ihm damit ein Loch in den Kopf schlug. Es ist zwar nicht meine Art, doch aus Selbstschutz war es notwendig. Danach hatte ich erst einmal Ruhe vor ihm. Es gab aber auch Zeiten, da machte ich nachts kein Auge zu, wenn er mit seinen Saufkumpanen zusammen war und diese mit in die Wohnung brachte. Ein Glas Pfeffer hatte ich stets bei mir zu meiner Verteidigung.

Später bekam ich eine eigene Wohnung für mich und meine Tochter. Mein ältester Sohn wohnte bereits bei seiner Freundin, mein anderer Sohn wohnte im Lehrlingswohnheim. Als beide mit 18 Jahren geheiratet hatten, stellte ich erneut einen Ausreiseantrag für mich und meine Tochter. Der Spießrutenlauf begann von vorn. Bei den Demos in Leipzig und den Friedensgebeten in der Nikolaikirche war ich oft zugegen. Ich schrieb an die UNO, an den Staatsratsvorsitzenden, an das ZDF usw.

Immer wieder musste ich bei der Stasi antreten, aber ich ließ mich nicht mehr umstimmen. In meiner Stasi-Akte konnte ich später lesen, man habe etliche Male kurz vor einem Zugriff gestanden, doch ich sei sehr raffiniert und würde meine Grenzen genau abschätzen. Dies war mir damals allerdings nicht bewusst. Während dieser Zeit lernte ich einen Ungarn kennen. Wir trafen uns häufig. In meiner Wohnung duldete ich ihn aber nur übers Wochenende, wenn meine Tochter bei ihrem Vater zu Besuch war. Ich hatte große Angst, ihr könne das Gleiche passieren wie mir. Auch heute noch lasse ich keinen Mann in die Wohnung, wenn meine Tochter da ist. Ich werde die Angst nicht los, die Übergriffe, Misshandlungen könnten sich bei ihr wiederholen. Ihm reichten aber die Wochenenden nicht, und als er bei mir einziehen wollte, machte ich Schluss. Dann merkte ich, dass ich schwanger war, ich war am Verzweifeln. Was sollte ich tun? Ich suchte Rat beim Frauenarzt. Dieser teilte mir mit, dass es für einen Schwangerschaftsabbruch noch nicht zu spät sei. Ich ging nach Hause und war alleine. Keiner konnte mir diese Entscheidung abnehmen. Tag und Nacht saß ich da und heulte, am zweiten Tag holte ich mir einen Termin für die Abtreibung. Ich habe mein ungeborenes Kind getötet, und es schmerzt heute noch, wenn ich daran denke. Besonders wenn ich meine zwei ältesten Enkelkinder sehe. Zwischen den beiden wäre mein Kind geboren. Wenn ich sie anschaue, denke ich an mein Vergehen, und es fällt mir schwer, eine liebende Oma zu sein.

Dies geschah im April 1989, am 5. September 1989 durfte ich mit meiner Tochter endlich ausreisen. An die-

sem Tag lag in meinem Briefkasten die bekannte blaue
Karte, Absender: Ministerium für Innere Angelegen-
heiten (Stasi). Ich wurde zu einem Gespräch um zehn
Uhr bestellt, wusste jedoch nicht, warum. Was wollten
sie schon wieder von mir? Acht Tage zuvor musste ich
mich schon einmal bei ihnen einfinden. Ich fuhr hin
und musste ca. eine Stunde warten, bis ich aufgerufen
wurde. Man verlangte die Abgabe meines Personalaus-
weises, was ich aber verweigerte. Dies hatten sie schon
einmal versucht. Dann hielt man mir eine Art Urkunde
unter die Nase, worauf stand: Aberkennung der Staats-
bürgerschaft der DDR. Ich hatte es geschafft, ich durfte
mit meiner Tochter ausreisen! Man merkte noch an, dass
ich die DDR bis 24 Uhr verlassen müsse. Es blieben
nicht mehr ganz zwölf Stunden Zeit. Was sollte ich zu-
erst tun? Meine Jungs aufsuchen, die Koffer holen, welche schon Wochen vorher gepackt waren, meine Tochter
aus der Schule holen? Ich wusste es nicht. Doch dann
kam plötzlich die Gewissheit: Ich habe es geschafft! Nun
lief alles mechanisch ab. Meinen ältesten Sohn konnte
ich nicht benachrichtigen, mein anderer Sohn brachte
mich und meine Tochter zum Bahnhof. Ein Koffer, eine
Reisetasche, meine Tochter, ihre Puppe und ich, so tra-
ten wir die Reise in eine neue, unbekannte Welt an. Es
war ein bisschen wie Sterben, und doch gingen wir in
die Freiheit. Am schwersten war für mich die Stunde,
bevor der Zug losfuhr. Mein Sohn stand mit uns auf
dem Bahnsteig, von meinem Großen konnte ich mich
nicht einmal mehr verabschieden. Wann würden wir uns
wiedersehen? Als der Zug losfuhr, stand ich am offenen
Fenster und winkte meinem Sohn zu, bis ich ihn nicht

mehr sah, da der Zug bereits den Bahnhof verlassen hatte und die Tränen den Blick verschleierten. Wir saßen im Zug nach Gießen.

Diese Fahrt werde ich nie vergessen. Unser Abteil war voll belegt, doch keiner sprach ein Wort, außer den Kindern, diese aber auch nur sehr leise. Irgendwann hielt der Zug an. Die Türen wurden von uniformierten Männern und Frauen aufgerissen und immer wieder hörte man die Worte: »Alle aussteigen, die keine gültigen Papiere der BRD haben! Ende des Sektors der DDR.« Aus unserem Abteil stieg eine Frau aus, alle anderen blieben sitzen, doch gesprochen hat niemand. Dann wurden unsere Papiere kontrolliert, es dauerte ca. eine Stunde, bis sich der Zug wieder in Bewegung setzte – und mit ihm auch die Menschen. Allmählich wurden Stimmen laut, Sektkorken knallten, fremde Menschen fielen sich um den Hals und weinten. Es ist nicht zu beschreiben, was sich in diesen Minuten abspielte, und ich glaube, so etwas kann auch nur jemand nachempfinden, der es live miterlebt hat.

Dann hielt unser Zug wieder, Menschen standen mit Schildern auf dem Bahnsteig: »Willkommen in der Freiheit!« Türen und Fenster wurden geöffnet, man reichte Getränke, Essen und Süßigkeiten für die Kinder. Es war wie ein Traum, der jahrelange Kampf hatte sich gelohnt.

Als wir im Auffanglager Gießen ankamen, wurde uns unser Quartier zugeteilt. Zehn bis Vierzehn Personen wurden in einem Raum untergebracht. Das Lager war überfüllt, doch es störte niemanden. Auf dem Innenhof lag ein riesiger Berg Kleidung, wer etwas benötigte, konnte sich davon nehmen. Ein oder zwei Tage später kamen viele Leute an, welche über Ungarn die DDR verlassen hatten. Wir wurden in ein Krankenhaus verlegt, welches als Unterkunft für Übersiedler diente. Hier bekamen wir das Begrüßungsgeld, die Fahrkarten sowie notwendige Papiere und Infos. Ein erwähnenswertes Erlebnis hatte ich noch in Gießen: Meine Tochter wollte unbedingt eine Schachtel Schokochips, sie kannte diese Werbung im TV: Wenn man die Schachtel öffnet, fliegen die Chips in die Luft. Doch als sie die Packung öffnete, flog nichts. Mit Tränen in den Augen stand sie da und war enttäuscht. Gegessen hat sie die Chips nicht.

Am 10. September fuhren wir mit dem Zug nach Bayern. Dort wohnte in einer Einrichtung für Übersiedler auch der Vater meiner Tochter. Er war bereits im März 1989 in die BRD ausgereist. Da ich wegen unserer Tochter nie die Verbindung zu ihm abgebrochen hatte, standen wir noch in Briefkontakt. Bereits von Gießen aus hatte ich ihn angerufen und ihm mitgeteilt, dass wir nach Bayern kommen würden. Er erklärte uns, dass auch wir in der Einrichtung unterkommen könnten. Dies habe er bereits geregelt. Auch sollte ich, sobald wir angekommen waren, anrufen, er würde uns vom Bahnhof abholen. In der Nacht kamen wir um ca. 22 Uhr an. Als ich daraufhin in der Einrichtung anrief, teilte uns die Chefin mit, dass mein Exmann nicht im Haus sei und die Einrichtung voll belegt. Sie wusste gar nichts von uns. Ich stand mit meiner Tochter nachts in einem fremden Land auf einem kaum beleuchteten Bahnhof und wusste nicht weiter. Am liebsten wäre ich zurück in die DDR gefahren. Ein Bahnhofsangestellter rief dann nochmals in der Einrichtung an und nach langem Warten kam endlich ein Ehepaar, das uns mit dem Auto in ein kleines Dorf brachte. Es war eine Familie aus Polen. Das Ehepaar lebte noch in der Einrichtung für Übersiedler, ihre Eltern hatten bereits eine kleine Wohnung, und dort verbrachten wir unsere erste Nacht in Bayern. Auch mein Exmann hielt sich dort auf, allerdings war er so betrunken, dass ein Gespräch mit ihm sinnlos war. Mir war nicht wohl bei der ganzen Sache, ich machte auch kein Auge zu, aber ich war froh, ein Dach über dem Kopf zu haben. Am anderen Tag holte uns das Ehepaar ab und brachte uns zu der Einrichtung. Nach langem Hin und Her konnten wir dort bleiben, zwei ältere Frauen teilten ihr Zimmer mit uns. Nachdem alle Formalitäten erledigt waren, versuchte ich auf Annoncen zu antworten, in denen Arbeitskräfte gesucht wurden. Ich wollte so schnell wie möglich eine eigene Wohnung und Arbeit finden. Ich hatte Glück und am 15. September 1989 begann bereits mein Arbeitsvertrag. Ich bekam auch gleich eine vorübergehende Unterkunft für mich und meine Tochter. Bevor ich die Einrichtung wieder verließ, fuhren meine Tochter und ich mit einem Ehepaar zum Einkaufen in eine kleinere Stadt. Dort besuchte ich zum ersten Mal ein Kaufhaus im Westen. Die Obstabteilung war voller Bananen, und Früchte wurden angeboten, die ich gar nicht kannte. Ich konnte nicht weitergehen, sondern verließ das Kaufhaus wieder, zündete mir eine Zigarette an und weinte. Es war alles so überwältigend. Dann kaufte ich meiner Tochter ihre ersten Jeans.

Meine neuen Arbeitgeber wie auch meine Kollegen waren sehr bemüht um uns und halfen, wo sie konnten. Ich hatte eine Arbeit, die mich voll in Beschlag nahm. Ich durfte für kranke Menschen da sein, wurde gebraucht und konnte helfen. Was für ein positives Gefühl! Meine Tochter hatte Anlaufschwierigkeiten, aber mit der Zeit fand auch sie Freundinnen. Wenn ich an den Wochenenden arbeiten musste, wurde sie von ihrem Vater abgeholt oder sie durfte bei einer Schulfreundin schlafen. Die Eltern dieser Freundin bezeichneten meine Tochter oft als ihr fünftes Kind. Im Februar 1990 bekam ich eine größere Wohnung, die viel Geld kostete. Das heißt, die Anschaffungskosten waren enorm. Ich hatte ja keine Möbel, kein Geschirr, rein gar nichts. Ich fiel einem Kredithai in die Hände. So erging es damals aber vielen, die aus dem Osten kamen. Mehrere Jahre arbeitete ich nur, um die Schulden abzuzahlen.

Meine Kolleginnen und Kollegen waren sehr nett und hilfsbereit. Auch ein älterer Herr nahm sich meiner an. Für mich war er mehr eine Vaterfigur, ihm reichte dies aber nicht.

Ich schrieb meiner leiblichen Mutter einen Brief und teilte ihr mit, dass ich im Westen sei. Sie schickte mir 400 Mark und eine Einladung. Drei Wochen vor Weihnachten besuchte ich sie. Als wir uns gegenüberstanden, weinte sie, auch kam sie mir sehr verändert vor. Außerdem hatte sie einen Gehörsturz erlitten. Immer wieder sagte sie, Gott habe sie gestraft für das, was sie mir angetan habe. Ich nahm sie in den Arm, irgendwie tat sie mir leid. Ich tapezierte ihre Küche, machte mit ihr einen Stadtbummel und half ihr, wo ich konnte. Bei meiner Abreise lud ich sie zu Weihnachten zu mir nach Hause ein. Meine Adoptivmutter war bereits 1986 verstorben. Auch sie habe ich bis zum Schluss gepflegt, mit Hilfe meiner Jungs. Ich habe versucht, ihr den Lebensabend so schön wie möglich zu machen.

Inzwischen wurde auch die Grenze zwischen Ost- und Westdeutschland geöffnet. Kein Auge blieb trocken und ich dachte an meine Jungs. Zwei Tage später stand mein Sohn mit Familie vor mir. Ich traute meinen Augen nicht. Groß war die Freude, denn mit einem so schnellen Wiedersehen hatte niemand gerechnet. Sie wollten nur einige Tage bleiben, doch einen Tag vor ihrer Heimreise setzten bei meiner Schwiegertochter die Wehen ein, viel zu früh, aber diesem Umstand verdanke ich, dass sie blieben.

Weihnachten kam näher und damit auch die Absage meiner Mutter. Ich war enttäuscht und schickte ihr ein Päckchen, dieses kam jedoch ungeöffnet mit einem Brief zurück. Darin stand, ich solle sie in Ruhe lassen und nicht mehr schreiben. Alle Briefe, die ich noch an sie schickte, kamen ebenfalls ungeöffnet zurück. Ich gab es auf.

Irgendwann kam ein Anruf von einer Nachbarin meiner Mutter. Sie teilte mir mit, dass meine Mutter krank sei und nach mir verlange. Ich quälte mich zwei Tage mit der Frage, ob ich hinfahren sollte oder nicht. Ich fuhr nicht, ich hatte Angst, wieder verletzt zu werden. Acht Tage später ist sie verstorben.

In der Arbeit ging es mir gut. Ich arbeitete oftmals Tag und Nacht, ich wollte zum ersten Mal in meinem Leben etwas für mich aufbauen. Doch dann kam alles zurück, was ich mir die letzten Jahre angetan hatte. Mein Körper, meine Nerven lagen brach, ich konnte nicht mehr: Nervenzusammenbruch. Sicher haben noch andere Faktoren eine Rolle gespielt, Ärger, Verbitterung, Grausamkeiten meiner Seele gegenüber, alles, was ich jahrelang in mich hineingefressen hatte. Ich war körperlich am Ende, fand auch psychisch nicht mehr die Kraft, mich aufzurappeln. Die Kämpferin blieb auf der Strecke.

Ich habe in den letzten Jahren, die ich hier verbrachte, viele Höhen und Tiefen erlebt, Freunde gefunden und auch verloren, denn viele, die sich als Freunde ausgaben, waren keine. Heute habe ich so viele Freunde wie etwa Finger an einer Hand, aber auf diese kann ich zählen.

Vor einiger Zeit begegnete mir ein Mann, der mir auf Anhieb gefiel. Seine Art, wie er sich gab, imponierte mir, in seiner Nähe fühlte ich mich wohl. Wir sahen uns nicht täglich, doch wenn wir zusammen waren, hatte ich das Gefühl, geliebt zu werden. Manchmal hatte ich den Wunsch, mich ihm ganz hinzugeben. Doch in meinem Inneren rührte sich immer der Gedanke: »Er benutzt dich nur.« Solche Gedanken sind Gift für eine Beziehung. Ich stürzte mich in Tagträume, versuchte, nur das Positive an ihm zu sehen. Das Träumen und Entrücken ist eine Sache, aber die Realität ist schneller und holt einen immer wieder ein. Es ist ein grausames Spiel. Man kämpft und glaubt an das Gute, hat jedoch oft das Gefühl, der Verlierer zu sein. So endete auch diese Beziehung, denn mein Bauchgefühl hatte sich wieder einmal bestätigt.

Ich arbeite seit geraumer Zeit als Pflegehilfskraft in einem Heim für chronisch psychisch kranke Menschen. Wieder bin ich in einem Heim, aber diesmal bin ich dort beschäftigt. Täglich sehe ich die Machtlosigkeit der hel-

fenden Hände den kranken Menschen gegenüber. Auch
wenn ich das Richtige tue, stehe ich den Bewohnern
selbst oft hilflos gegenüber. Viele von ihnen haben keine
Verwandten mehr oder diese wollen nichts mehr mit
ihnen zu tun haben, sie wurden ihnen lästig. Keine Besuche, vielleicht mal eine Karte an Weihnachten oder
zum Geburtstag. Unter den Heimbewohnern sind etliche, die einmal ein ganz normales Leben geführt haben.
Schicksalsschläge, die nicht verarbeitet wurden, führten
zur Abhängigkeit.

Auch der Umgang im Kollegenkreis ist belastend:
Anstatt sich gegenseitig zu helfen, blockiert man sich
ständig. Dies geschieht entweder aus Neid oder weil der
Machtkampf einfach zu groß ist. Im Kapitalismus ist
es nun einmal so: Jeder ist sich selbst der Nächste. Dies
macht ein Miteinander schwierig oder manchmal bei-
nahe unmöglich. Eine solche Atmosphäre kann sich natürlich auch auf das Befinden der Bewohner auswirken,
was jedoch nicht sein dürfte. Aber jeder ist hier nur mit
seinen eigenen Problemen beschäftigt, oft viel mehr, als
er zugibt. Denn wer plaudert schon über private Probleme bei der Arbeit?

Mir ging es öfter so, dass ich zu Hause bleiben und
meine Ruhe haben wollte. Ich zwang mich aber dann
doch, meiner Pflicht, auch meiner Nächstenpflicht,
nachzukommen. Ich nahm mich zusammen, powerte
mich wieder aus, überspielte vieles, setzte mein zweites
Gesicht auf und lächelte erwartungsgemäß. Manchmal
half es wirklich, ich fühlte mich wohler. Aber kaum war
ich daheim, fiel die Maske und somit verschwand auch
das Lächeln. Oft dachte ich: Für wen hast du heute wie-

der den Clown gespielt? Und so verging ein Tag wie der andere. Gelang es mir einmal nicht, die Maske aufzusetzen, hörte ich gleich die Reaktion einiger Kollegen: »Wie siehst du denn heute aus? Lass dich nicht so gehen, was machst du für ein Gesicht?« Ich riss mich zusammen, sie hatten ja recht, doch es gelang nicht immer. Das Leben drehte sich weiter, auch für mich. Mein Ziel war nun, das Staatsexamen als examinierte Altenpflegerin zu erreichen. Es war nicht leicht, Schule, Arbeit, Haushalt und Muttersein unter einen Hut zu bringen. Ich hatte mir wieder selbst den Kampf angesagt und fühlte mich dementsprechend.

Das Fach Psychologie faszinierte mich, aber oft hatte ich einen beunruhigenden Gedanken. Ich identifizierte mich stark mit der Thematik und zum ersten Mal sprach ich meine verdrängten Gedanken aus: Auch ich müsste mich zur Vergangenheitsbewältigung in Behandlung begeben.

Nach und nach merkte ich, dass ich wieder in ein tiefes Loch fiel. Ich wollte mich zusammennehmen, doch es gelang immer seltener. Kaum war ich allein zu Hause, bekam ich das große Heulen. Es ging wieder auf Weihnachten zu, die Tage im Jahr, welche ich hasse und fürchte. Immer sah ich die schrecklichen Bilder vor mir: Weihnachten in Pretzsch im Bunker. Mit diesen und vielen anderen Gedanken musste ich alleine fertigwerden, das schwarze Loch rückte immer näher. Wie oft stellte ich mir die Frage: Warum mache ich das alles, die Schule, der aufreibende Job, die vielen Überstunden, für wen?

Am 8. Dezember 1995 war auch wieder so ein Tag. Die Sinnlosigkeit übermannte mich, ich wollte alles hinwerfen. Das Klingeln des Telefons riss mich aus meiner Lethargie und ich nahm mich zusammen. Es war eine Kollegin, auch ihr ging es nicht gut. Ich kannte ihr Problem, denn sie erzählte mir oft davon. Auch ihr Glaube an die Menschheit war zerbrochen, nur auf eine andere Art als bei mir. Sie weinte am Telefon und war mit ihrer Kraft am Ende. Die Schule, die Arbeit, die finanziellen Einbußen belasteten sie. Ich redete auf sie ein, erklärte ihr, wie wichtig die Schule sei, und versprach ihr meine Hilfe. Wie gut konnte ich sie verstehen, mir ging es ja nicht besser. Wir verabredeten uns für den nächsten Tag zum Kaffee, doch es sollte keinen nächsten Tag mehr geben. Als sie zu mir fahren wollte, brach sie bewusstlos zusammen und wurde ins Krankenhaus gebracht. Befund: Gehirnblutung. Für mich war es ein Alptraum, zwei Mal wollten wir sie besuchen, durften aber nicht zu ihr, sie lag im Koma. Die Ärzte hatten sie aufgegeben. Unsere Chefin sagte, daran sei nur die Schule schuld, der Stress sei zu viel gewesen. Ich wagte kaum, Luft zu holen. Zu der Schule hatte ich sie überredet. War ich am Ende schuld? Immer wieder kam der Gedanke: Warum sie, warum nicht ich? Ich wirkte abwesend und war wie versteinert, nicht einmal Tränen hatte ich noch. Die Lehrer in der Schule und die Kollegen redeten auf mich ein, dass es ihr vorgegeben war, ein Defekt im Kopf, schon von Kindheit an. Ich wollte es nicht wissen, wahrscheinlich wollte ich die Schuld auf mich nehmen. Am 15. Dezember 1995 verstarb sie.

Am selben Tag fand in der Einrichtung die Weihnachtsfeier für unsere Bewohner statt. Wir mussten so tun, als seien wir feierlich gestimmt. Das ging über meine Kräfte, auch der Gedanke, dass ich in ihrer letzten Stunde nicht bei ihr sein durfte, tat weh.

So vielen Heimbewohnern stand sie in der letzten Stunde bei, saß oft Tage und Nächte bei ihnen am Bett und gab Beistand. Sie musste ihren Weg alleine gehen.

Ich war in das Loch hineingefallen, es hat mich magisch angezogen, alles um mich herum war wie tot. Ich fand keinen Schlaf mehr, saß auf meiner Couch und weinte. Alles, wonach ich mich sehnte, war Ruhe. Ich wollte mit niemandem reden, am liebsten auch sterben. Am nächsten Tag konnte ich nicht zur Arbeit gehen, ich wollte nur schlafen. Doch dann musste ich zum Arzt, ich brauchte Medikamente. Medikamente, welche ich sonst nicht nahm, eher verabscheute, doch an diesem Tag brauchte ich sie. Am nächsten Tag standen zwei Kolleginnen vor meiner Tür, sie wollten, dass ich zur Arbeit komme, doch ich konnte nicht. Sie drohten mir mit dem Bezirkskrankenhaus Regensburg. Ich wollte nicht wieder irgendwo eingesperrt sein und versprach, am folgenden Tag zur Arbeit zu kommen. Es war der zweite Weihnachtsfeiertag. Ich nahm alle meine Kräfte zusammen und ging zur Arbeit. Dort angekommen, sagte man mir, dass ich nicht arbeiten müsse, sondern nur anwesend sein sollte. Ich weiß, sie meinten es gut, aber an diesem Tag war es für mich der blanke Hohn, mich dorthin zu bestellen. Als die Weihnachtslieder erklangen, ging ich wieder nach Hause.

Dezember 1995, Weihnachten ist vorbei. Durch die Medikamente fühle ich mich etwas wohler. Ich habe noch immer eine Leere in mir, aber diese kämpfe ich nieder.

Wie lange es dauern wird, bis ich aus dem ganzen Übel herausgekommen bin, weiß ich nicht, aber ich werde es versuchen.

Was ist, wenn ich einmal nicht mehr die Kraft aufbringen kann? Ich sollte eine Therapie machen, aber ich finde das sinnlos, denn niemand kann mir die Last abnehmen, welche sich Jahr für Jahr auf meiner Seele angesammelt hat. Ich will auch nicht mein Leben lang Pillen schlucken, sie dämpfen nur, aber heilen nicht. Lieber würde ich gleich sterben, als eine lebende Leiche zu sein, ohne jegliche Gefühle und eigenen Willen.

Mein Wunsch ist, wieder auf die Beine zu kommen, meiner Arbeit nachzugehen und die Schule mit Bravour zu beenden. Wie lange mein Kraftpensum ausreichen wird, weiß ich nicht, aber ich habe mir dieses Ziel gesetzt.

Inzwischen sind einige Jahre vergangen und ich bin meinen Vorsätzen treu geblieben. Ich habe mein Staatsexamen mit Bravour bestanden. Anschließend absolvierte ich zwei Jahre eine Weiterbildung zur Stationsleitung und habe auch diese mit Bravour geschafft.

Mein Wunsch ist diesbezüglich in Erfüllung gegangen. Aber wo bin ich – ich, der Mensch, geblieben? Ich gehe in meinem Beruf auf und merke nicht, wie das Leben an mir vorbeizieht, ohne dass ich es richtig lebe.

Etwas über 20 Jahre arbeite ich nun mit psychisch Kranken, mit Alkoholabhängigen. Die Altersgruppe der Bewohner liegt zwischen 25 und 80 Jahren. Ich versuche, stets alles zu geben, aber es gelingt nicht immer. Wie oft wird man beschimpft auf die übelste Art, bedroht oder gar angegriffen. Hilfe kann man kaum erwarten, dann heißt es, man sei für diesen Beruf nicht geeignet. Es ist oft erniedrigend, ich selbst habe meinen Weg im Umgang mit den Bewohnern gefunden, aber als Stationsleitung trage ich ja auch eine gewisse Verantwortung gegenüber meinem Team. Es belastet mich, wenn sie sagen, sie haben Angst, auf Arbeit zu kommen. Ich kann es nachfühlen, denn mir geht es manchmal auch so.

Immer wieder frage ich mich: War das mein Leben? Erneut bin ich an einem Punkt angekommen, an dem ich schon so oft war, und musste erkennen: Ich lebe nicht wirklich, ich funktioniere. Doch wieder sind es meine Kinder und Enkel, welche mir Kraft geben, wenn auch nur in Gedanken, denn sie wissen nicht, wie ich mich fühle und was in mir vorgeht. Ich habe noch nie mit ihnen über meine Vergangenheit gesprochen. Mein ältester Sohn hat sich von mir losgesagt, den Grund dafür kenne ich nicht. Es tut weh, wenn ich ihn sehe oder an seiner Wohnung vorbeifahre. Mit meinen beiden anderen Kindern habe ich ein gutes Verhältnis. Wir sind zwar nicht immer einer Meinung und sie können auch manchmal sehr verletzend sein, aber ich muss es hinnehmen. Wie gesagt, sie wissen nichts über mich und können somit nicht verstehen, warum ich manchmal bin, wie ich bin. Eins sollen sie aber wissen: Ich liebe sie von ganzem Herzen.

Mein Leben gleicht oft einer Achterbahn. Jetzt versuche ich, meine Vergangenheit aufzuarbeiten, indem ich dieses Buch veröffentliche. Ich habe schon zwei der Heime aufgesucht, in denen ich als Kind und Jugendliche eingesperrt war. Im kommenden Jahr möchte ich nach Mecklenburg fahren, wo einst der Jugendwerkhof war. Bestimmt treffe ich auch meine Jugendliebe wieder, denn vor geraumer Zeit habe ich Kontakt zu ihm aufgenommen. Einen zweiten Lichtblick habe ich noch: Meine beiden kleinen Enkel, sie sind sechs und ein Jahr alt. Sooft es meine Zeit zulässt, besuche ich sie. Dann weiß ich wieder, dass es sich lohnt, weiterzumachen, denn ich möchte sie aufwachsen sehen, sie noch ein Stück auf ihrem Lebensweg begleiten. Und dann gibt es Momente, wo ich zu Gott bete, noch viele Jahre leben zu dürfen.

Ich hoffe, dass meine Biographie ein Fingerzeig für all diejenigen sein kann, die des Lebens überdrüssig sind.

Das Leben hat viele Schattenzeiten, es gibt etwas weniger Lichtmomente. Aber dieses Licht ist so schön und gibt so viel, dass man, wenn man das Positive auch sieht und fühlt, die Schattenzeiten durchstehen kann.

Elena Roma